虔十《けんじゅう》公園林《こうえんりん》

宮沢賢治・作
伊藤秀男・絵

虔十《けんじゅう》はいつも縄《なわ》の帯《おび》をしめてわらって杜《もり》の中《なか》や畑《はたけ》の間《あいだ》をゆっくりあるいているのでした。
雨《あめ》の中《なか》の青《あお》い藪《やぶ》を見《み》てはよろこんで目《め》をパチパチさせ青《あお》ぞらをどこまでも翔《かけ》て行《い》く鷹《たか》を見付《みつ》けてははねあがって手《て》をたたいてみんなに知《し》らせました。

けれどもあんまり子供《こども》らが虔十《けんじゅう》をばかにして笑《わら》うものですから虔十《けんじゅう》はだんだん笑《わら》わないふりをするようになりました。

風《かぜ》がどうと吹《ふ》いてぶなの葉《は》がチラチラ光《ひか》るときなどは虔十《けんじゅう》はもううれしくてうれしくてひとりでに笑《わら》えて仕方《しかた》ないのを、無理《むり》やり大《おお》きく口《くち》をあき、はあはあ息《いき》だけついてごまかしながらいつまでもいつまでもそのぶなの木《き》を見上《みあ》げて立《た》っているのでした。

時《とき》にはその大《おお》きくあいた口《くち》の横《よこ》わきをさも痒《かゆ》いようなふりをして指《ゆび》でこすりながらはあはあ息《いき》だけで笑《わら》いました。

なるほど遠《とお》くから見《み》ると虔十《けんじゅう》は口《くち》の横《よこ》わきを掻《か》いているか或《ある》いは欠伸《あくび》でもしているかのように見《み》えましたが近《ちか》くではもちろん笑《わら》っている息《いき》の音《おと》も聞《き》こえましたし唇《くちびる》がピクピク動《うご》いているのもわかりましたから子《こ》供《ども》らはやっぱりそれもばかにして笑《わら》いました。

おっかさんに云《い》いつけられると虔十《けんじゅう》は水《みず》を五百杯《ごひゃっぱい》でも汲《く》みました。一日《いちにち》一杯《いっぱい》畑《はたけ》の草《くさ》もとりました。けれども虔十《けんじゅう》のおっかさんもおとうさんも仲々《なかなか》そんなことを虔十《けんじゅう》に云《い》いつけようとはしませんでした。

さて、虔十《けんじゅう》の家《いえ》のうしろに丁度《ちょうど》大《おお》きな運動場《うんどうじょう》ぐらいの野原《のはら》がまだ畑《はたけ》にならないで残《のこ》っていました。

ある年《とし》、山《やま》がまだ雪《ゆき》でまっ白《しろ》く野原《のはら》には新《あたら》しい草《くさ》も芽《め》を出《だ》さない時《とき》、虔十《けんじゅう》はいきなり田打《たう》ちをしていた家《いえ》の人達《ひとたち》の前《まえ》に走《はし》って来《き》て云《い》いました。

「お母《があ》、おらさ杉苗七百本《すぎなえななひゃっぽん》、買《か》って呉《け》ろ。」

虔十《けんじゅう》のおっかさんはきらきらの三本鍬《さんぼんぐわ》を動《うご》かすのをやめてじっと虔十《けんじゅう》の顔《かお》を見《み》て云《い》いました。

「杉苗七百《すぎなえななひゃく》ど、どごさ植《う》えらぃ。」

「家《いえ》のうしろの野原《のはら》さ。」

そのとき虔十《けんじゅう》の兄《にい》さんが云《い》いました。

「虔十《けんじゅう》、あそごは杉植《すぎう》ぇでも成長《おが》らなぃ処《ところ》だ。それより少《すこ》し田《た》でも打《う》って助《す》けろ。」

虔十《けんじゅう》はきまり悪《わる》そうにもじもじして下《した》を向《む》いてしまいました。

すると虔十《けんじゅう》のお父《とう》さんが向《む》こうで汗《あせ》を拭《ふ》きながらからだを延《の》ばして

「買《か》ってやれ、買《か》ってやれ。虔十《けんじゅう》ぁ今《いま》まで何一《なにひと》つだて頼《たの》んだごとぁ無《な》ぃがったもの。買《か》ってやれ。」

と云《い》いましたので虔十《けんじゅう》のお母《かあ》さんも安心《あんしん》したように笑《わら》いました。

虔十《けんじゅう》はまるでよろこんですぐにまっすぐに家《いえ》の方《ほう》へ走《はし》りました。

そして納屋《なや》から唐鍬《とうぐわ》を持《も》ち出《だ》してぽくりぽくりと芝《しば》を起《おこ》して杉苗《すぎなえ》を植《う》える穴《あな》を掘《ほ》りはじめました。

虔十《けんじゅう》の兄《にい》さんがあとを追《お》って来《き》てそれを見《み》て云《い》いました。

「虔十《けんじゅう》、杉《すぎ》ぁ植《う》える時《とき》、掘《ほ》らないばわがないんだじゃ。明日《あした》まで待《ま》て。おれ、苗《なえ》買《か》って来《き》てやるがら。」

虔十《けんじゅう》はきまり悪《わる》そうに鍬《くわ》を置《お》きました。

次《つぎ》の日《ひ》、空《そら》はよく晴《は》れて山《やま》の雪《ゆき》はまっ白《しろ》に光《ひか》りひばりは高《たか》く高《たか》くのぼってチーチクチーチクやりました。そして虔十《けんじゅう》はまるでこらえ切《き》れないようににこにこ笑《わら》って兄《にい》さんに教《おし》えられたように今度《こんど》は北《きた》の方《ほう》の堺《さかい》から杉苗《すぎなえ》の穴《あな》を掘《ほ》りはじめました。実《じつ》にまっすぐに実《じつ》に間隔《かんかく》正《ただ》しくそれを掘《ほ》ったのでした。虔十《けんじゅう》の兄《にい》さんがそこへ一本《いっぽん》ずつ苗《なえ》を植《う》えて行《ゆ》きました。

その時《とき》野原《のはら》の北側《きたがわ》に畑《はたけ》を有《も》っている平二《へいじ》がきせるをくわえてふところ手《で》をして寒《さむ》そうに肩《かた》をすぼめてやって来《き》ました。平二《へいじ》は百姓《ひゃくしょう》も少《すこ》しはしていましたが実《じつ》はもっと別《べつ》の、人《ひと》にいやがられるようなことも仕事《しごと》にしていました。平二《へいじ》は虔十《けんじゅう》に云《い》いました。

「やぃ。虔十《けんじゅう》、此処《ここ》さ杉《すぎ》植《う》えるなんてやっぱり馬鹿《ばか》だな。第一《だいいち》おらの畑《はたけ》ぁ日影《ひかげ》にならな。」

虔十《けんじゅう》は顔《かお》を赤《あか》くして何《なに》か云《い》いたそうにしましたが云《い》えないでもじもじしました。

すると虔十《けんじゅう》の兄《にい》さんが、

「平二《へいじ》さん、お早《はよ》うがす。」と云《い》って向《む》こうに立《た》ちあがりましたので平二《へいじ》はぶつぶつ云《い》いながら又《また》のっそりと向《む》こうへ行《い》ってしまいました。

その芝原《しばはら》へ杉《すぎ》を植《う》えることを嘲笑《わら》ったものは決《けっ》して平二《へいじ》だけではありませんでした。あんな処《ところ》に杉《すぎ》など育《そだ》つものでもない、底《そこ》は硬《かた》い粘土《ねんど》なんだ、やっぱり馬鹿《ばか》は馬鹿《ばか》だとみんなが云《い》って居《お》りました。それは全《まった》くその通《とお》りでした。杉《すぎ》は五年《ごねん》までは緑《みどり》いろの心《しん》がまっすぐに空《そら》の方《ほう》へ延《の》びて行《ゆ》きましたがもうそれからはだんだん頭《あたま》が円《まる》く変《かわ》って七年目《ななねんめ》も八年目《はちねんめ》もやっぱり丈《たけ》が九尺《きゅうしゃく》ぐらいでした。

カ

ある朝《あさ》虔十《けんじゅう》が林《はやし》の前《まえ》に立《た》っていますとひとりの百姓《ひゃくしょう》が冗談《じょうだん》に云《い》いました。

「おおい、虔十《けんじゅう》。あの杉《すぎ》ぁ枝打《えだう》ぢさなぃのか。」

「枝打《えだう》ぢていうのは何《なん》だぃ。」

「枝打《えだう》ぢつのは下《した》の方《ほう》の枝《えだ》山刀《やまがたな》で落《おと》すのさ。」

「おらも枝打《えだう》ぢするべがな。」

虔十《けんじゅう》は走《はし》って行《い》って山刀《やまがたな》を持《も》って来《き》ました。

そして片《かた》っぱしからぱちぱち杉《すぎ》の下枝《したえだ》を払《はら》いはじめました。ところがただ九尺《きゅうしゃく》の杉《すぎ》ですから虔十《けんじゅう》は少《すこ》しからだをまげて杉《すぎ》の木《き》の下《した》にくぐらなければなりませんでした。

夕方《ゆうがた》になったときはどの木《き》も上《うえ》の方《ほう》の枝《えだ》をただ三《さん》四《し》本《ほん》ぐらいずつ残《のこ》して
あとはすっかり払《はら》い落《おと》されていました。
濃《こ》い緑《みどり》いろの枝《えだ》はいちめんに下草《したくさ》を埋《う》めその小《ちい》さな林《はやし》はあかるくがらんとなってしまいました。
虔十《けんじゅう》は一《いっ》ぺんにあんまりがらんとなったのでなんだか気持《きも》ちが悪《わる》くて胸《むね》が痛《いた》いように思《おも》いました。

そこへ丁度《ちょうど》虔十《けんじゅう》の兄《にい》さんが畑《はたけ》から帰《かえ》ってやって来《き》ましたが
林《はやし》を見《み》て思《おも》わず笑《わら》いました。そしてぼんやり立《た》っている虔十《けんじゅう》にきげんよく云《い》いました。
「おう、枝《えだ》集《あつ》めべ、いい焚《た》ぎものうんと出来《でき》だ。林《はやし》も立派《りっぱ》になったな。」
そこで虔十《けんじゅう》もやっと安心《あんしん》して兄《にい》さんと一緒《いっしょ》に杉《すぎ》の木《き》の下《した》にくぐって
落《おと》した枝《えだ》をすっかり集《あつ》めました。
下草《したくさ》はみじかくて奇麗《きれい》でまるで仙人《せんにん》たちが碁《ご》でもうつ処《ところ》のように見《み》えました。

ところが次《つぎ》の日《ひ》虔十《けんじゅう》は納屋《なや》で虫喰《むしく》い大豆《まめ》を拾《ひろ》っていましたら
林《はやし》の方《ほう》でそれはそれは大《おお》さわぎが聞《き》こえました。
あっちでもこっちでも号令《ごうれい》をかける声《こえ》ラッパのまね、足《あし》ぶみの音《おと》
それからまるでそこら中《じゅう》の鳥《とり》も飛《と》びあがるようなどっと起《お》るわらい声《ごえ》、
虔十《けんじゅう》はびっくりしてそっちへ行《い》って見《み》ました。

すると愕《おどろ》いたことは学校帰《がっこうがえ》りの子供《こども》らが五十人《ごじゅうにん》も集《あつ》まって一列《いちれつ》になって歩調《ほちょう》をそろえてその杉《すぎ》の木《き》の間《あいだ》を行進《こうしん》しているのでした。

全《まった》く杉《すぎ》の列《れつ》はどこを通《とお》っても並木道《なみきみち》のようでした。それに青《あお》い服《ふく》を着《き》たような杉《すぎ》の木《き》の方《ほう》も列《れつ》を組《く》んであるいているように見《み》えるのですから子供《こども》らのよろこび加減《かげん》と云《い》ったらとてもありません、みんな顔《かお》をまっ赤《か》にしてもずのように叫《さけ》んで杉《すぎ》の列《れつ》の間《あいだ》を歩《ある》いているのでした。

その杉《すぎ》の列《れつ》には、東京街道《とうきょうかいどう》ロシヤ街道《かいどう》それから西洋街道《せいようかいどう》というようにずんずん名前《なまえ》がついて行《ゆ》きました。

虔十《けんじゅう》もよろこんで杉《すぎ》のこっちにかくれながら口《くち》を大《おお》きくあいてはあはあ笑《わら》いました。

それからはもう毎日《まいにち》毎日《まいにち》子供《こども》らが集《あつ》まりました。

ただ子供《こども》らの来《こ》ないのは雨《あめ》の日《ひ》でした。

その日《ひ》はまっ白《しろ》なやわらかな空《そら》からあめのさらさらと降《ふ》る中《なか》で虔十《けんじゅう》がただ一人《ひとり》からだ中《じゅう》ずぶぬれになって林《はやし》の外《そと》に立《た》っていました。

「虔十《けんじゅう》さん。今日《きょう》も林《はやし》の立番《たちばん》だなす。」

簑《みの》を着《き》て通《とお》りかかる人《ひと》が笑《わら》って云《い》いました。その杉《すぎ》には鳶色《とびいろ》の実《み》がなり立派《りっぱ》な緑《みどり》の枝《えだ》さきからはすきとおったつめたい雨《あめ》のしずくがポタリポタリと垂《た》れました。虔十《けんじゅう》は口《くち》を大《おお》きくあけてはあはあ息《いき》をつきからだからは雨《あめ》の中《なか》に湯気《ゆげ》を立《た》てながらいつまでもいつまでもそこに立《た》っているのでした。

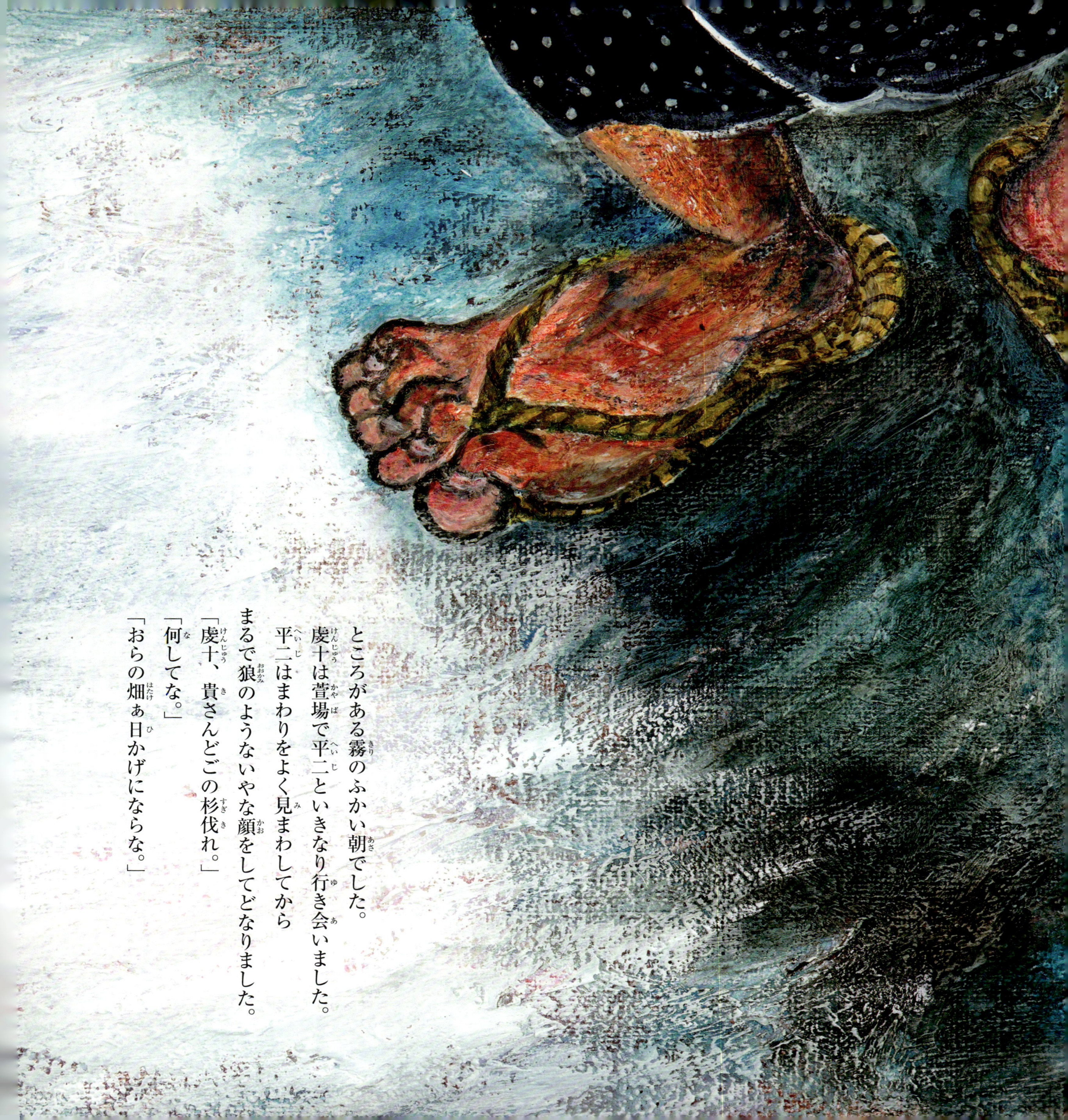

ところがある霧《きり》のふかい朝《あさ》でした。

虔十《けんじゅう》は萱場《かやば》で平二《へいじ》といきなり行《ゆ》き会《あ》いました。

平二《へいじ》はまわりをよく見《み》まわしてから
まるで狼《おおかみ》のようないやな顔《かお》をしてどなりました。

「虔十《けんじゅう》、貴《き》さんどごの杉伐《すぎき》れ。」

「何《な》してな。」

「おらの畑《はたけ》ぁ日《ひ》かげにならな。」

虔十《けんじゅう》はだまって下《した》を向《む》きました。平二《へいじ》の畑《はたけ》が日《ひ》かげになると云《い》ったって杉《すぎ》の影《かげ》がたかで五寸《ごすん》もはいってはいなかったのです。おまけに杉《すぎ》はとにかく南《みなみ》から来《く》る強《つよ》い風《かぜ》を防《ふせ》いでいるのでした。

「伐《き》れ、伐《き》れ。伐《き》らなぃが。」

「伐《き》らなぃ。」虔十《けんじゅう》が顔《かお》をあげて少《すこ》し怖《こわ》そうに云《い》いました。その唇《くちびる》はいまにも泣《な》き出《だ》しそうにひきつっていました。実《じつ》にこれが虔十《けんじゅう》の一生《いっしょう》の間《あいだ》のたった一《ひと》つの人《ひと》に対《たい》する逆《さか》らいの言《ことば》だったのです。

ところが平二《へいじ》は人《ひと》のいい虔十《けんじゅう》などにばかにされたと思《おも》ったので急《きゅう》に怒《おこ》り出《だ》して肩《かた》を張《は》ったと思《おも》うといきなり虔十《けんじゅう》の頬《ほお》をなぐりつけました。どしりどしりとなぐりつけました。

虔十《けんじゅう》は手《て》を頬《ほお》にあてながら黙《だま》ってなぐられていましたがとうとうまわりがみんなまっ青《さお》に見《み》えてよろよろしてしまいました。するとと平二《へいじ》も少《すこ》し気味《きみ》が悪《わる》くなったと見《み》えて急《いそ》いで腕《うで》を組《く》んでのしりのしりと霧《きり》の中《なか》へ歩《ある》いて行《い》ってしまいました。

さて虔十《けんじゅう》はその秋《あき》チブスにかかって死《し》にました。平二《へいじ》も丁度《ちょうど》その十日《とおか》ばかり前《まえ》にやっぱりその病気《びょうき》で死《し》んでいました。

ところがそんなことには一向構《いっこうかま》わず林《はやし》にはやはり毎日毎日《まいにちまいにち》子供《こども》らが集《あつ》まりました。

お話《はなし》はずんずん急《いそ》ぎます。

次《つぎ》の年《とし》その村《むら》に鉄道《てつどう》が通《とお》り虔十《けんじゅう》の家《いえ》から三町《さんちょう》ばかり東《ひがし》の方《ほう》に停車場《ていしゃば》ができました。あちこちに大《おお》きな瀬戸物《せともの》の工場《こうじょう》や製糸場《せいしじょう》ができました。そこらの畑《はたけ》や田《た》はずんずん潰《つぶ》れて家《いえ》がたちました。いつかすっかり町《まち》になってしまったのです。その中《なか》に虔十《けんじゅう》の林《はやし》だけはどう云《い》うわけかそのまま残《のこ》って居《お》りました。その杉《すぎ》もやっと一丈《いちじょう》ぐらい、子供《こども》らは毎日毎日《まいにちまいにち》集《あつ》まりました。学校《がっこう》がすぐ近《ちか》くに建《た》っていましたから子供《こども》らはその林《はやし》と林《はやし》の南《みなみ》の芝原《しばはら》とをいよいよ自分《じぶん》らの運動場《うんどうじょう》の続《つづ》きと思《おも》ってしまいました。

虔十《けんじゅう》のお父《とう》さんももうかみがまっ白《しろ》でした。まっ白《しろ》な筈《はず》です。虔十《けんじゅう》が死《し》んでから二十年《にじゅうねん》近《ちか》くなるではありませんか。

ある日昔《ひむかし》のその村《むら》から出《で》て今《いま》アメリカのある大学《だいがく》の教授《きょうじゅ》になっている若《わか》い博士《はかせ》が十五年《じゅうごねん》ぶりで故郷《こきょう》へ帰《かえ》って来《き》ました。

どこに昔《むかし》の畑《はたけ》や森《もり》のおもかげがあったでしょう。町《まち》の人《ひと》たちも大《たい》ていは新《あたら》しく外《そと》から来《き》た人《ひと》たちでした。

それでもある日博士《ひはかせ》は小学校《しょうがっこう》から頼《たの》まれてその講堂《こうどう》でみんなに向《む》こうの国《くに》の話《はなし》をしました。

お話《はなし》がすんでから博士《はかせ》は校長《こうちょう》さんたちと運動場《うんどうじょう》に出《で》てそれからあの虔十《けんじゅう》の林《はやし》の方《ほう》へ行《ゆ》きました。

すると若《わか》い博士《はかせ》は愕《おどろ》いて
何《なん》べんも眼鏡《めがね》を直《なお》していましたが
とうとう半分《はんぶん》ひとりごとのように云《い》いました。

「ああ、ここはすっかりもとの通《とお》りだ。木《き》まですっかりもとの通《とお》りだ。木《き》は却《かえ》って小《ちい》さくなったようだ。みんなも遊《あそ》んでいる。ああ、あの中《なか》に私《わたし》や私《わたし》の昔《むかし》の友達《ともだち》が居《い》ないだろうか。」

博士《はかせ》は俄《にわ》かに気《き》がついたように笑《わら》い顔《がお》になって校長《こうちょう》さんに云《い》いました。

「ここは今《いま》は学校《がっこう》の運動場《うんどうじょう》ですか。」

「いいえ。ここはこの向《む》こうの家《いえ》の地面《じめん》なのですが家《いえ》の人《ひと》たちが一向《いっこう》かまわないで子供《こども》らの集《あつ》まるままにして置《お》くものですから、まるで学校《がっこう》の附属《ふぞく》の運動場《うんどうじょう》のようになってしまいましたが実《じつ》はそうではありません。」

「それは不思議《ふしぎ》な方《かた》ですね、一体《いったい》どう云《い》うわけでしょう。」

「ここが町《まち》になってからみんなで売《う》れ売《う》れと申《もう》したそうですが年《とし》よりの方《かた》がここは虔十《けんじゅう》のただ一《ひと》つのかたみだからいくら困《こま》っても、これをなくすることはどうしてもできないと答《こた》えるそうです。」

「ああそうそう、ありました、ありました。その虔十《けんじゅう》という人《ひと》は少《すこ》し足《た》りないと私《わたし》らは思《おも》っていたのです。いつでもはあはあ笑《わら》っている人《ひと》でした。毎日《まいにち》丁度《ちょうど》この辺《へん》に立《た》って私《わたし》らの遊《あそ》ぶのを見《み》ていたのです。この杉《すぎ》もみんなその人《ひと》が植《う》えたのだそうです。ああ全《まった》くたれがかしこくたれが賢《かしこ》くないかはわかりません。ただどこまでも十力《じゅうりき》の作用《さよう》は不思議《ふしぎ》です。ここはもういつまでも子供《こども》たちの美《うつく》しい公園地《こうえんち》です。どうでしょう。ここに虔十公園林《けんじゅうこうえんりん》と名《な》をつけていつまでもこの通《とお》り保存《ほぞん》するようにしては。」

「これは全《まった》くお考《かんが》えつきです。そうなれば子供《こども》らもどんなにしあわせか知《し》れません。」

さてみんなその通《とお》りになりました。

芝生《しばふ》のまん中《なか》、子供《こども》らの林《はやし》の前《まえ》に

「虔十公園林《けんじゅうこうえんりん》」と彫《ほ》った青《あお》い橄欖岩《かんらんがん》の碑《ひ》が建《た》ちました。

昔《むかし》のその学校《がっこう》の生徒《せいと》、今《いま》はもう立派《りっぱ》な検事《けんじ》になったり将校《しょうこう》になったり海《うみ》の向《む》こうに小《ちい》さいながら農園《のうえん》を有《も》ったりしている人《ひと》たちから沢山《たくさん》の手紙《てがみ》やお金《かね》が学校《がっこう》に集《あつ》まって来《き》ました。

虔十《けんじゅう》のうちの人《ひと》たちはほんとうによろこんで泣《な》きました。

全《まった》く全《まった》くこの公園林《こうえんりん》の杉《すぎ》の黒《くろ》い立派《りっぱ》な緑《みどり》、さわやかな匂《にお》い、夏《なつ》のすずしい陰《かげ》、月光色《げっこういろ》の芝生《しばふ》がこれから何千人《なんぜんにん》の人《ひと》たちに本当《ほんとう》のさいわいが何《なん》だかを教《おし》えるか数《かぞ》えられませんでした。

そして林《はやし》は虔十《けんじゅう》の居《い》た時《とき》の通《とお》り雨《あめ》が降《ふ》ってはすき徹《とお》る冷《つめ》たい雫《しずく》をみじかい草《くさ》にポタリポタリと落《おと》し
お日《ひ》さまが輝《かがや》いては新《あたら》しい奇麗《きれい》な空気《くうき》をさわやかにはき出《だ》すのでした。

●本文について

本書は『新修　宮沢賢治全集』（筑摩書房）を底本としました。

なお原文の旧字・旧仮名、および送り仮名に関しては、原則として現代の表記を使用しています。

文中の句読点、漢字・仮名の統一および不統一は、原文に従いました。

参考文献＝『新校本　宮沢賢治全集』（筑摩書房）

※本文中に現在はつつしむべき言葉が出てきますが、発表当時の社会通念とともに、作者自身に差別意識はなかったと判断されること、あわせて、作者の人格権と著作物の権利を尊重する立場から原文のままにしたことをご理解願います。

※「誰」のルビを「たれ」としたのは、宮沢賢治の直筆原稿が一貫して「たれ」なので、賢治語法の特徴的なものとして生かしましたが、通例通り「だれ」と読んでも賢治さんはとくに怒らないでしょう。（ルビ監修／天沢退二郎）

言葉の説明

［田打ち］……春、田植えの準備のために田を掘り起こすこと。

［三本鍬］……刃が三つに分かれている鍬（くわ）。土にささりやすい農具。

［唐鍬］……長方形の刃がついている鍬（くわ）。かたい土を掘るときなどに適している。

［わがなぃ］……「だめだ」という意味。

［尺］……長さの単位。1尺は約30センチメートル。

［山刀］……山仕事などに使う、鉈（なた）のような刃物。

［鳶色］……鳥の鳶（トビ）に似た茶褐色（ちゃかっしょく）で、なおかつやや赤味がかった色のこと。

［萱場］……かやぶき屋根をつくるための材料となる植物の萱（かや）の茂ったところ。

［寸］……長さの単位。1寸は約3センチメートル

［チブス］……チフスのこと。高熱や発疹（ほっしん）をともなう伝染病。賢治の生まれた時代に日本初の感染症対策のための法律が作られたが、そのなかには、腸チフス、パラチフス、発疹チフスの三種類が法定伝染病として指定されている。

［丈］……長さの単位。10尺＝1丈。この物語では、杉は「やっと一丈」、つまり約3メートルの高さになったといっている。

［向こうの国］……外国のこと

［十力］……十力とは、仏や菩薩（ぼさつ）がもつという十種類の智力や能力のこと。宇宙すべてにいきわたる根源の力ととらえることもできる。

［橄攬岩］……地球のマントルを構成する岩石。オリーブ色（深い緑色）をしている。杉の林の緑を連想させる色であると同時に、賢治の好きな岩石のひとつだった。橄攬（カンラン）岩が変成したものに蛇紋岩という石があり、英語読み「サアペンティン（serpentine）」のルビ付きで、賢治の作品の中によく登場する。また、岩手県ではよく見られる石のひとつ。橄攬岩の結晶鉱物は、ペリドットと呼ばれる石で、8月の誕生石。ちなみに賢治は8月27日生まれである。

絵・伊藤秀男（いとう・ひでお）

一九五〇年、愛知県生まれ。

『海の夏』（ほるぷ出版）で小学館絵画賞、『けんかのきもち』（柴田愛子／文　ポプラ社）で日本絵本大賞、『うしお』（ビリケン出版）でJBBY賞・IBBY（国際児童図書評議会）のオナーリスト賞を受賞。

主な作品に『じぞうぼん』『さかなつり』（以上、福音館書店）、『ひみつのなつまつり　こどもザイレン』（ポプラ社）『つなみてんでんこ　はしれ、上へ！』（指田和／文　ポプラ社）、『ひたひたどんどん』（内田麟太郎／文　開放出版社）、『おうしげきだん』（スズキコージ／作　岩崎書店）『よかったなあ、かあちゃん』（西本鶏介／作　講談社）などがある。

虔十公園林

作／宮沢賢治
絵／伊藤秀男
発行者／木村皓一　発行所／三起商行株式会社
〒102-0072 東京都千代田区飯田橋３-９-３　ＳＫプラザ３階
電話　03-3511-2561
ルビ監修／天沢退二郎
編集／松田素子（編集協力／寺島知春　永山綾）
デザイン／タカハシデザイン室
印刷・製本／丸山印刷株式会社
発行日／初版第1刷　２０１４年10月20日

40p. 26cm×25cm ©2014 Hideo ITOH
Printed in Japan. ISBN978-4-89588-131-9 C8793